JN252672

句集

青羊歯

倉田明彦

紅書房

序

倉田さんの句集は面白い。句稿を何度か読み返しながら楽しんだ。四十代で俳句をはじめ、二十年になるという。なにかの機縁があって私の「梟」へ入られてからもう十年を越えただろうか。でも、句風に変化はなく、それがいい。初期からユニークな句が多い。いずれも視点が明確で、しっかりと自分が据えられている。

いちばんの特長は自然科学者として培われてきた冷徹な把握であろう。自然はもとより、社会への見方にも独自なものがあり、固有の語彙や表現がある。倉田さんの本質をずばりと言いとった句に、私はしばしば感銘を受け刺激されてもきた。選者冥利につきることである。たとえば、こんな句がある。

プラネタリウム銀河に梅雨をやりすごす
夾竹桃谷に性愛ホテルあり
秋暑し塩湖に一神教生まれ
厚ぼつたい愛といふ文字べらを煮る
変圧器(トランス)に電気の匂ひ梅雨に入る
冬晴やわれら系統樹の梢

ふつうの俳人なら「プラネタリウム」で済ませてしまうところを、銀河を加えて宇宙の中での微小な自分の位置を確認している。二句目も通称のラブホテルではなく、その本質を穿って「性愛ホテル」と言い放って、現今の風俗への鋭い批評になっている。

また「塩湖に一神教」と圧縮し、端的に宗教の生まれた苛酷な風土を表現をしているし、「愛」という文字が厚ぼったいとか、「電気の匂ひ」を詠う。われわれ人類は生物系統図の端だという句も好きだ。系統図の「梢」といったことで、学術専門誌的な硬さから抜けて詩へと変わっている。

これらの句に共通していることは自分の生きている時空が、つねに明確であることだろう。それに季語も確かに座っている。

こうしたユニークな作品を生み出している作者はどのような経歴の持ち主かと興味をそそられる。私は気まぐれに時々開催される「梟の集い」で、三度お会いしただけで詳しいことは何も知らず句を読んでいるだけなので、これを書くためにと略歴を伺った。

父は長崎市に生まれ、軍医として台湾に赴任。復員したときは原爆によってすべての係累が失われていたこと。作者は一九四七年佐世保市に生まれ、父と同じ長崎大学医学部に進んだが、当時は全共闘全盛の混乱時代であった。卒業後、大学で内科医となったが、思うところがあって基礎医学を志し上京、東大医学部免疫学教室で多田富雄氏の指導を受けた。やがて師の推挙でアメリカの研究所に留学もした。多田博士は今日の医学の重要な基礎をなしている免疫学―拒否反応―における世界的学者で、倉田さんのテーマは難病として知られる膠原病やリウマチであったという。そうした研究生活をすて故郷で開業医となったのにはさまざまな事情や葛藤があったのであろうが、同じように郷里に生涯を送る者として、深く共感を覚える。多田博士は研究の傍ら能楽に精通し新作能も書き評論集もある。また詩も書き、優れた自伝小説も残されている。倉田さんの俳句や詩、また茶や陶芸などの趣味の領域もきっとこの師の生き方に影響されているのであろうと思われる。

日常詠や旅吟にも好きな句が多い。表現上では先に上げた句より洗練されているものがある。

仄暗く下宿残れり合歓の花

酒浸みて親に似てきしいぼむしり

灸ほどの煙たなびき山眠る

海嶺へ連なる岬鯨来る

チューリップ妻故郷で三姉妹

地下壕に抽象の国梅雨の闇

これら、境涯をにじませた句や自然詠、旅吟にも作者独特の感じ方捉え方がある。終りの地下壕の句は第二次大戦の末期、信州松代に掘られ、ここに皇居や大本営を移して徹底抗戦をしようとした愚挙の跡であり、歴史にそそぐ厳しい目がある。

蝸牛つまむ宇宙の友として
縄文の子らに墓あり流れ星
酌をして当地の河豚は鳴くと言ふ
蓮ぽんと咲けと見てゐるところなり
きびきびとせり新米の塩むすび

こうした軽々とした句も秀れている。

二〇一六年十月

矢島　渚男

装幀・装画　木幡朋介

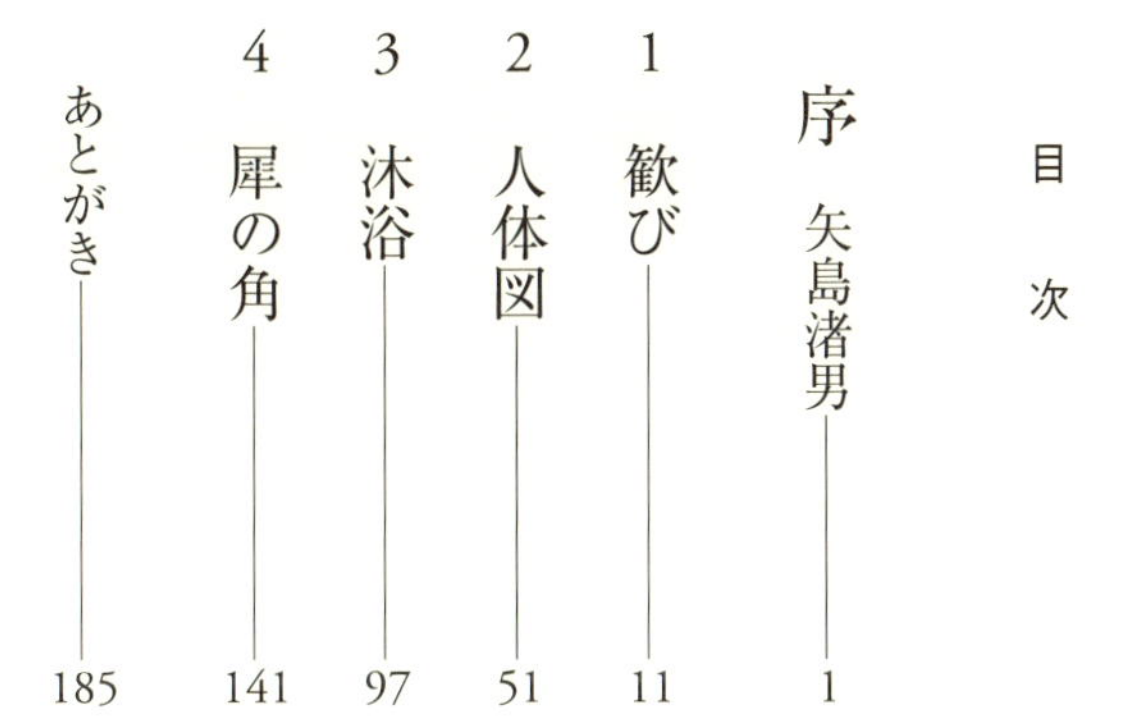

目次

序　矢島渚男 ― 1
1　歓び ― 11
2　人体図 ― 51
3　沐浴 ― 97
4　扉の角 ― 141
あとがき ― 185

句集　青羊歯

1　歓び

青むほど白き雄鶏淑気満つ

七福の軸と女将と鯛の汁

薄氷に水の襞ある朝かな

身震ひをしてしやぼん玉玉となる

桃咲くや大納言なる甘納豆

雛祭澄ましに三葉芹結ぶ

春の野や飼犬疾駆して利発

鯔(ぼら)の子も春の子にして海新た

歓びの日や仰向かせ羊刈る

文豪に胴太きペン八重桜

ボンゴレに開かぬ貝も春の風邪

霾(つちふ)るやキリンのやうにクレーン佇ち

黄砂降る漢委奴国王印

遅き日の地球の裏の赤ワイン

抜き置きし男の指環蓮如の忌

口髭を残してみたり春ごこち

朧月もう狼のゐない国

彫刻の手に囚はれて暮の春

卯の花腐し人魚の老いる汽水域

永き日や赤子が舐る白せんべい

唐辛子五言絶句に返り点

カラー活けて胸元広き夏スーツ

山容を正す植田の方眼に

空港の一枚ガラス梅雨滂沱

宗門を問はず長崎梅雨出水

アマリリス禁教の地に見つめらる

仄暗く下宿残れり合歓の花

同棲の窓打つてゐる黄金虫

蛇の衣手にアドレスの残さるる

燕の子蒸し蒲鉾の湯気の中

夏薊ペテロ浜口なる漁師

ユッカ咲く鯨の鰭に手指の骨

ひとりゐてただ開けてみる冷蔵庫

米兵に「命」の刺青夾竹桃

いつの世も寵児は蕩児パリー祭

白南風や御堂の媽祖に耳飾り

海の日のたつのおとしご立泳ぎ

黒南風や森を祀れる大鳥居

絽の揃ひ鯨問屋の孫曾孫

夏休み鶏にフライドポテト投げ

もてあます家鴨の卵草田男忌

仏桑花風呂に地獄の湯を引いて

水音はなし冷房の水族館

水中花物食ふ口を見てをりぬ

さるすべり擬宝珠（ぎぼうしゅ）を撫で橋渡る

桔梗や鬼籍に入りて洗はれて

白桃を扱ひかねて冷しけり

星合の名札をつけた同窓会

魂祭魚の一尾として群るる

烏瓜見つけてほしいかくれん坊

賢母なり全きレモン真つ二つ

団栗や子にも悲しき夕べあり

み空よりつうつつつうと烏瓜

芋嵐禁教の海青々と

枢機卿を生みたる村に穴惑ひ

きちきちの捩子ばね切れるまで跳ぶか

秋灯や駐在日誌「晴れ」と記す

カスタネット釣瓶落しに子の走る

天球に易占へば蚯蚓鳴く

酒浸みて親に似てきしいぼむしり

雲ひとつ無きほど痩せて冬の空

霰踏む日や橙色のベーカリー

夕凍みに自転車黒く忘れらる

嫁して来てやがて地の者冬瓜汁

風呂吹きに竹串立てて聞き流す

青沼に雨雪となり雨となる

紅強く引いて凍てつく日のサラダ

冬霧の遠野に重き熱気球

灸ほどの煙たなびき山眠る

山眠るとて鳥獣下りて来る

闇汁や子を産み終へし女達

ナポリタンたのんで風邪薬のんで

大将と呼ばれて鮟(あら)の腸(わた)も買ふ

残り日や暦の上に古暦

2 人体図

長々と駅伝を見る喪の年初

人日や喉に残りし粉薬

一月も半ばや散るものもなくて
寒明けし平野の平ら極まれる

市役所の門衛シクラメンに水

アオモジの咲いて山体軽くなる

受話器より駅のさざめき春の雨

春泥の足形にある土踏まず

春風のにはとり一夫多妻なる

啓蟄や擦り傷治るとき痒し

暑いほどなり春分の赤卵

パンジーの悪相にして硫黄泉

秒針の分針越えてゆく遅日

かげろふに人揺るる町鷗鳴く

春の鳶追はるるときも笛吹いて

春憂ひ涙のやうに投錨す

山桜人寄り来れば離れけり

桜咲くもう死んでゐる人の側

ゆふざくら海上空港灯し浮く

桜守写せし翁面ならむ

花ふぶき両翼外野席は土手

花時の六より多き六地蔵

おくやみの欄にひとびと春進む

暮の春赤カナリアに赤い餌

砂肝といふ肝ありて春かなし

春深し両性具備の人体図

隧道の半円に海夏近し

緑陰にミラノの椅子を商へる

パセリのみ食ひて皐月の蝶となり

いつせいにカーネーションの捨てらるる

貸間あり黄金週間も過ぎて

万緑の中や社に神と蛇

変圧器(トランス)に電気の匂ひ梅雨に入る

大鯰白身魚にして孤独

はんざきの目を閉ぢて見る万華鏡

厚ぼつたい愛といふ文字べらを煮る

ブルーブラック・インクで長梅雨の見舞ひ

プラネタリウム銀河に梅雨をやりすごす

蝶翔(た)ちぬ花合歓風に沈むとき

初蛍暮れて田水の匂ひけり

蛇轢いて身の浮く蛇の一本分

蓮の花めつたに鳴かぬ鷺鳴いて

なぞなぞの口いつぱいに枇杷の種

水鉄砲ペポカボチャ属ズッキーニ

蓮ぽんと咲けと見てゐるところなり

ほととぎす地震来る前の沼明り

濃あぢさゐ泉に鳥の骸あり

邪宗なるときめき烏瓜の花

妊(みご)りてよりつば広き夏帽子

亀の背に若き浦島藺座布団

日晒しの白球ありぬ夏薊

七夕や魚になりたる笹の葉も

下葉より枯るるひまはり殉教地

炎昼に地縁血縁気根垂る

羽抜鶏塩の抜けたる貝銜へ

槍烏賊を素麵にして夏痩せす

生身魂突(つ)けば色の変はる烏賊

魂祭輪廻に灯す深海魚

台風の来る華やぎや絵蠟燭

大鍋の蓋見つからず台風来

火の山にぐりぐりとした黒葡萄

鰯雲夫婦でカツカレーなど食つて

死人花思はれ人に思ひ人

オーシツクツク骨拾ひつつ骨の名を

轢死らしセイタカアワダチソウに雨

酒呑まぬ昼餉の刺身獺祭忌

東京に行く用もなし秋の雲

遠くには行かぬ風にて猫じやらし

猿酒（ましらざけ）星取町に住まふとや

涙より生れし神あり湖の月

ソプラノの口見てゐたる間の秋思

フロントの女しぐれに手の薄き

上絵師の若き女房吊るし柿

女物はおり町家に冬籠り

あらためて双子の不思議ちゃんちゃんこ

ひとりままごと山茶花の紅の前

冬三日月鉄扉に終る石畳

冬つばき所轄警察署から電話

冬紅葉したたる有田より伊万里

薄埃して大寒の鉄アレイ

神無月蛸は烏賊より岐(わか)れたる

隣りあふ海鼠に隣りあふ形

海嶺に寒鰤の声挙がるべし

乾鮭に鮭の瘨癪きはまりぬ

根の国の花時にして返り花

月面の彼方に地球賀状書く

3

沐浴

小蜜柑の統べる五合の鏡餅

別宮で引きなほしたる初みくじ

獏枕箒星にぞなり損ね

新年も餅に黴ふくほどの日々

節分のコンビニにゐてピスタチオ

クレヨンの匂ふ面を豆打たる

軍艦島舳先で受くる涅槃西風(ねはんにし)

閂を抜けば山又山笑ふ

春空に選抜出場校の椰子

啓蟄の望遠鏡に人動く

読谷(よみたん)の焼物(やちむん)地虫出でたるよ

鶏の足パーに開きて春の土

花椿恐竜の血は鳥類に
電力を巻き取る風車鳥交る

散髪を終へて桃咲く日暮かな

パンの香のパン屋の娘春の風

相伝の土雛ややもすれば出っ歯

チューリップ妻故郷で三姉妹

春の日の割烹裏の昼休み

葬場の日溜りにゐて遠桜

蝌蚪の紐ベビーブーマーとぞ呼ばれ

万愚節生まれの子まで入学す

春風やチャンポン食つて媽祖参り

春風駘蕩蛸伸ばし干す船溜り

しばらくは窓に富士あり春の航

夏近き日や市松にタイル貼る

大雨に牡丹取り込む雨のまま

オムライスなり黄金週間初日

蝸牛つまむ宇宙の友として

緑陰のパンにて拭ひとるソース

駆け抜けて走者の揮発する五月

薄暑光干潟に水の流れ径

はや暑し疲れてカリフラワーのやう

朝靄に湖の匂ひや梅雨に入る

水無月の白馬に変りゆく葦毛
眠りまで遠き暗闇ほととぎす

梅雨深し列車離合のため停車

お互ひを見知らぬ仏朴の花

梅雨蝶のまた寄る同じ蝶ならむ

花サビタかつて共産村ありし

浦上に蛍が出ると人の寄る

浦上は長崎の爆心地。カトリックが多く住む。

浜おもと海より雨の降り始む

天草や天に逃れて飛魚に

厳かな男女の仲の羽抜鶏

窓越しに守宮くすぐりくすぐつたい

投げ入れて百合向く方を表とす

沐浴のやうに緑雨に濡れて来し

青羊歯の茂みに囚はれの泉

炎昼の閑か裸子植物ばかり

デイゴ咲く重工造船所の真昼

死ぬときは魚も溺るる油照り

夏袴浄瑠璃太夫にじり出る

真宗や信徒も僧も汐焼けて

八朔や鳥刺し舞の赤褌

台風の予報の道を行く哀れ

咲き過ぎて朝顔日記汚れたる

蜩やにはかに高き草の丈

鬼やんまに行き会ふ時のいつもひとり

ぱらぱらと旗日の朝の四十雀

風と往くわけにもゆかず青瓢

新米の一碗食らふ誕生日

無花果の乳やイスラム湧くごとし

秋ともし創元文庫に人死して

金銀の紐持たさる る案山子かな

花立てにじゃらした後の猫じゃらし

白菊の閉ぢたるもある別れかな

烏瓜同級生と名告らるる

交番の左右対称ちちろ鳴く

縄文の子らに墓あり流れ星

登高の水面ことごとく鏡

秋ともし空に地球を見る船の

月面に人跡ありて冬ぬくし

セーターの子に父方の背中あり

ボジョレヌーボー子供らの恋人と

冬薔薇耳鳴りすれば聴いてみる

雨または雪の予報に雪待ちぬ

情夫めく昼にしやぶしやぶ鍋食つて

酌をして当地の河豚は鳴くと言ふ

飲みすぎる焼酎ドストエフスキーの害

省略を誉めつつ海鼠裏返す

火の匂ふ対馬の山の樫といふ

雪融かす体温があり木も死する

冬萌を啄みてまた湖に入る

ポインセチア捨てどころなく歳暮るる

4　犀の角

春水を弾きにはかに釜匂ふ

3・11長崎に大夜景

寒明けや水無川に水の音

光る川より光る鮠啄みぬ

雌鶏が女らしくて里の春

蜃気楼カラザで繋ぎとめてある

啓蟄や甲冑（かっちゅう）魚類割面に

鷺草の芽に水注ぐ銀河の中

春時雨めだかに棕櫚の産屋買ふ

川岸に舫ひて囲む春焚火

花冷えや水面に鷺と鷺の影

遠目には花の手中にある身かな

夜の桜青森行きで青森へ

夕暮の花に影絵の子が遊ぶ

花吹雪東門より西門へ

地震続く間を白牡丹満ちにけり

このところ神童聞かずチューリップ

侏儒去つて閉ぢなくなつたチューリップ

愛注ぎ込むなら仔羊のつむじ

春かなし鳥の化石の反り身なる

春愁や万病に効く犀の角

春昼の骨に鬆の入る痒みとも

満艦の春灯吊り橋をくぐる

夕茜船渠（ドック）に春の潮充たす

ポッペンやみるみる躑躅咲いてゆく

大瑠璃の好きな切妻屋根の先

琉装の花嫁出来る立夏なり

新樹光鈴振つて舞ふ巫女二人

万緑やミシンでかがる綿帆布

半夏雨窯場に女物も干す

短夜や白線に沿ひ病床へ

暗くして緋の大牡丹寝かしつけ

早苗月土人形の店に寄る

夏至祭り一夜過して船の出る

みづからも托卵の子やほととぎす

青虫と知れてにはかに朱の斑(はだら)

松代大本営

地下壕に抽象の国梅雨の闇

梅雨深し線路隔てて立つ人に

水青し額あぢさゐに巡り来て

夾竹桃谷に性愛ホテルあり

栗の花湯の深ければ腰の浮き

右の手に合鍵左には蛍

冷房の小部屋に魚のやうに棲む

蚊喰鳥地下へとひとりひとり消え

夜の窓羽虫とはすかひに守宮

夕凪や船が盥(たらひ)の船のやう

揚げ終へし花火師舟で戻るらし

さるすべりサヨナラ負けに泣き尽し

秋の声万年筆にインク買ふ

台風の目に落ちて行く深空かな

長崎の生者と死者に甜瓜(まくはうり)

鬼灯の実を見ぬままに流しけり

ひぐらしと呼ばれて遅くまで残る

まじりなき稔り恐ろし曼珠沙華

秋暑し塩湖に一神教生まれ

何につけ案山子のあはれ袖長し

皿舐めて猫の去りたる秋彼岸

じょんがらの歌詞たわいなし野分晴

きびきびとせり新米の塩むすび

口を衝く椰子の実の歌秋の航

行きずりの淋しさ浦の秋祭

鰯雲安いホテルに妻泊めて

受け口の仲居がよそふ今年米

月蝕を終へさつぱりと月満てる

大空や地を這ふやうに鶴渡る

雁の眼にこの航跡の白からむ

今年酒蛇の腹より稲田姫

神曲を読まねばならぬ七竈

神の留守地球儀ぴたりぴたり止め

みかん山夕映えの射す全みかん

園丁のつぶれた煙草冬日和

冬蝶の落ちむと思ふ落ちぬとも

冬籠り逆撫でにしてまた順に

山眠る裾のたつきもうらうらと

チューリップ握つて弾む玉を選る

冬旱くきくき船のこすれあふ

鉄柵に柵状の空冬夕焼

日輪の毳(けば)立つてをり雪催ひ

紅花の最上が故郷雪女郎

夜も更けてポインセチアの映る床

冬の濤渡船のテレビ消えてより

鵜のとまる岩冬鷗とまる岩

海嶺へ連なる岬鯨来る

冬晴ややわれら系統樹の梢

あとがき

この句集は、私の約二十年間の俳句を纏めたものである。
数年分の句を季節ごとに纏めて四つの章に分けた。基本的には古い順に並べたが、構成の都合で作句年代はかなり入り乱れている。第一章の「歓び」は俳句結社「梟」（矢島渚男主宰）に入会する以前の初期の俳句を多く含み、第四章の「犀の角」は六十台後半の句が主体である。長い年月にわたる句を集めているので一貫した作句の意図というものは無く、よって句集名も四つの章名も核心的な言葉とはなり得ようがなかったが、なるべく私らしい言葉を、作句当時の気分に沿った言葉をと意識して選んだ。ややメルヘンチックな気分に寄りすぎた感じもあって、俳諧らしい乾燥感に欠けるかもしれないが、それもまた私の本質に根ざすことなので止むを得ない。

振り返ると、俳句を始めた当初はただただ面白くて、次々と良い句が詠めるという気でいたが、数年でたちまち行き詰った。このままでは句集を編むことなどないのではないかと思ったが、幸いにも矢島渚男先生という生涯の師を得て俳句を続けることが出来た。先生の選句は厳しいというのが定評で、実際、私の投句した句も半分も残ればよい方なのだが、その選には躊躇がなく、曇りがなく、そして確かな励ましがあって、選を受ける度に駄目なものは駄目だと腑に落ちる。そんな幸せな十余年の作句生活の日々を経て、この度、先生の選に残った句に初期の句も加えて、三百三十句余りを句集に纏めることにした。

この句集の出版に先立って、二〇一四年には詩集『ふいの落下』を出した。齢六十も過ぎて始めた詩作で、未熟なことは分かっていたが、二十余篇の詩を書いて遮二無二詩集にした。そして、この詩集を纏めたことで句集を編む踏ん切りがついた。詩は、今も私にとって大事な表現形式で、年に何篇か書いているが、詩を書くときには俳句が詠めず、俳句を詠むときは詩が書けないという悩ましい関係にある。しかし、それぞれに異なった歓びを与えてくれる形式なので、感興が湧く限り続けていきたいと思っている。

俳句も詩も、どちらかやるだけでも非才な私には身の丈にあまることなのに、両方に執心するのには確かにもう一人の生涯の師の影響がある。故多田富雄先生である。多田先生は高名な免疫学者で、私が若い頃の基礎医学の研究の師だったのだが、同時に優れた新作能の作者であり、詩人であり、文章家であった。そして脳梗塞で倒れて不自由な体になったのちは、障害者医療の先頭に立つ社会運動家だった。倒れても立ち上がって更に前に進んだ。先生のそんな在りようが、私にとって励みになった。

私の句集はごく個人的で拙いものだが、それでもそこには優れた二人の師の支えがあって、お蔭でやっと成立している。更には長年、地元長崎で句会を共にする句友との親しいお付き合いがあった。ル・ナイト句会、ジャム句会、千代句会、欅句会、時雨句会での旨い酒と忌憚のない批評が、俳句を詠み続ける大切な力となった。

この句集を出版するにあたっては、紅書房の菊池洋子さんにいろいろと貴重な助言を頂いた。

皆さんに心からお礼を申し上げる。

平成二十八年十一月

倉田明彦

著者略歴

倉田　明彦（くらた　あきひこ）

1947年　長崎県生まれ

2003年　「梟」入会

2014年　詩集『ふいの落下』刊行

現在「梟」会員　現代俳句協会会員

住所　〒852-8125　長崎市小峰町３番６号

句集　青羊歯　奥附

二〇一七年一月二十七日第一刷
二〇一七年十月二十八日第二刷

著者　倉田明彦＊発行日

発行者　菊池洋子＊印刷所　明和印刷＊製本　新里製本
発行所　〒一七〇-〇〇一三　東京都豊島区東池袋五-五二-四-三〇三
紅(べに)書房
info@beni-shobo.com　http://beni-shobo.com
電　話　〇三（三九八三）三八四八
ＦＡＸ　〇三（三九八三）五〇〇四
振　替　〇〇一二〇-三-三五九八五
落丁・乱丁はお取換します

ISBN978-4-89381-318-3
Printed in Japan, 2017